文通天下

阅 读 是 一 切 美 好 的 开 始

人间小满

姑苏阿焦 著

中国水利水电出版社
www.waterpub.com.cn
·北京·

内 容 提 要

这是一本图文并茂的人生随笔集，一本写透人间烟火、如何过好当下每一天的感想之作。全书共分平庸人生的乐趣；寻常生活方见烟火气；风物人间，缓缓而行；日有小暖，岁有小安等部分。作品立意朴素，极具禅意和智慧，以寻常生活中的点滴描绘人生的欢喜和自在。

图书在版编目（CIP）数据

人间小满 / 姑苏阿焦著. -- 北京 : 中国水利水电出版社，2022.9（2022.11 重印）
ISBN 978-7-5226-0906-5

Ⅰ. ①人… Ⅱ. ①姑… Ⅲ. ①随笔－作品集－中国－当代 Ⅳ. ①I267.1

中国版本图书馆CIP数据核字(2022)第141174号

书　　名	**人间小满** RENJIAN XIAOMAN
作　　者	姑苏阿焦　著
出版发行	中国水利水电出版社 （北京市海淀区玉渊潭南路1号D座　100038） 网址：www.waterpub.com.cn E-mail：sales@mwr.gov.cn 电话：（010）68545888（营销中心）
经　　售	北京科水图书销售有限公司 电话：（010）68545874、63202643 全国各地新华书店和相关出版物销售网点
排　　版	北京水利万物传媒有限公司
印　　刷	天津鑫旭阳印刷有限公司
规　　格	146mm×210mm　32开本　9.75印张　139千字
版　　次	2022年9月第1版　2022年11月第3次印刷
定　　价	58.00元

画出这世俗的欢喜

这本《人间小满》是阿焦老师的新作，我深感荣幸能为他写上几句。

于网络结缘，相识已很久，虽于今还没有见过阿焦本人，但却已然和他神交很久。他的画作中，有我能看得懂的情怀，也有我能共情的日常。

笑点低的人最幸福，知足亦常乐。我以为，阿焦是这样的人！

他的画面立意朴素，极具禅意与智慧，以寻常生活的点滴描绘人生的欢喜和自在！

什么是自由？

——身体最诚实，睡懒觉，赖床不起，不健身，喝酒吃肉长出一身肉。

青春是什么？

——从责怪别人到反省自己，从教育别人到接受社会再教育。

那什么才算成熟？

——无权教育别人，只爱分享自己。不需证明自己，只需了解自己。

阿焦活得真得太世俗了，太通透了——他那快盖不住顶的脑袋，大智慧啊！

人的一生，就是在不断认知世界的同时，进一步地认识自己。阿焦说："无权教育别人，只爱分享自己。不需证明自己，只需了解自己。"这里面蕴藏着深刻的哲学意义。

他还是个浪漫的并且还在不断追求浪漫的人。光脚在水稻田里插秧，抬头看白云飞翔，看星星，追月亮，他的征途永远是星辰大海！

如果你也想当一个"幸福自由"的人，就一起分享阿焦的《人间小满》：

烈日晒，河塘摸鱼戏水，

北风吹，围炉烤雪吃肉。

养鸟人，有些闲事懒得管。

绘画人，挥霍自由和时间。

知世故而不世故，

处江湖而不江湖。

过节了！男人承包一下厨房总是没错，

功劳是夫人的，

苦劳是自己的，

幸福是全家的。

……

他的作品非常受大众喜爱，能看懂，能理解，有同感！

如果你也看到了这本书，那就随手翻翻吧！

紫翘

中国作家协会会员　知名媒体人

辑
一

平庸人生的乐趣

辑
二

寻常生活方见烟火气

辑

三

风物人间，缓缓而行

平庸人生的乐趣

过一种平淡自由的人生

一个人，需要通过窗户来看外面的世界，

需要通过镜子来看自己的内心。

有时候，总担心自己是不是虚度了光阴。

拿起画笔的一刹那，

才感觉笔下的欢喜坦荡而率真，

欣慰于这一段平淡却自由的光阴。

守住当下，真切地体验并热爱生活，

内心的充盈会把孤独都变成路上的风景。

生活是从恪守本分开始的，

鲜活的人生，

就是养活了自己也适当顾及了他人。

往后渔生

阴郁的下午也可以开阔胸襟——

跑到郊外结网捕鱼，不去羡慕他人。

快乐是放弃自艾自怜，

而去过一段忙碌的光阴。

心静江湖远

比上不足比下有余，

一个"比"字负载了简单的生活。

心静江湖远，

智慧的人生向来是取舍有道、进退有度。

以静制动
战胜高温

在那闲适的假期，
躲在属于自己的一隅慰藉疲惫。
快乐从来都不是大张旗鼓地宣泄，
越简单，越从容、越自在。

也有那周末时的放纵，

有了好吃的，也需好喝的，

开心时便迈出"六亲不认"的脚步。

愉悦的是这一周末曾虚度。

生活中也不需总是大度，

偶尔的微恙提醒着有时透支的生活。

把欲望收回来一些，把梦想缩小一点儿，

想想最爱吃的是什么？

……

又到周末了

周末，有过放纵；

周末，也有过云淡风轻。

垂钓的是鱼、是生活，

垂钓的是山河湖泊，心有丘壑。

眼中有光，心里有希望，

只要求这一份简简单单的生活，

只想要这一份平平淡淡的自由。

生活美好

热闹是他们的，

然而，这心底升腾起来的自足与安定，

才是这一隅光阴全部的意义……

早安吉祥

给你平平淡淡的等待和守候

给你轰轰烈烈的渴望和温柔

给你百转千回的喜乐和忧愁

给你微不足道的所有，所有……

与时舒卷，抵岁月荒唐

未雨绸缪的生活并不多，

手忙脚乱是现世的常态，

议论他人的是非很容易，

也许他人之不足正是自己该有的谦卑。

世事原本就有各种荒唐，

晴耕雨读，与时舒卷，方不误自己的时光，

这人间，来了便是要修修补补，

把残缺和遗憾变成后来的光……

心生欢喜

春日的生机除了院墙外的那一株杏花，

便是一窝鸡仔儿的欢愉，

三五个月后或下蛋、或成餐桌美味，

向死而生是万物不可扭转的命运，

但活着，哪一个不是蓬勃着不舍光阴。

小儿嬉戏，不知人间疾苦，

老者欢愉，那是知人间疾苦而惜眼前光阴，

哪个人的生活不是一地鸡毛，

只是我们知道，活在当下才最重要。

大富之家
必有余菜

即便是春暖花开，

诗人也需要关心粮食和蔬菜，

尘世间的烟火最令人安心，

我们笑骂着屋外的荒唐，

我们身体力行着，摆脱慌张。

春日里总能寻到僻静处，

看草木，不负暖阳，

人潮人海，让我们觉得活着的不孤独，

而一个人能享受孤独，

也许才能见生活的优雅之处。

寻芳

独木难支

上有老下有小，我们背负期许行走江湖。

得意时，我们觉得世界就是我们的，

失意时，我们才知道不胜寒的不只在高处，

还有你力之不及的油盐酱醋，

多些准备，也许都不算晚，目标小一点，或者更惬意。

生活大部分时候应该有自己的判断，

但生活的魔幻往往超出我们的预判，

活着、有吃的，是人之本能，

能无拘无束地活着，能呼朋邀友地活着，

是我们日复一日的期许和等待……

安心待着

阳光温热，很有春天的感觉，
我想，这光阴安心待着最是和美，
茶凉去一半，书未曾翻过半页，
恍惚间，像少时躺在山头看云卷云舒……

桃花开得最艳时，我错过了她的多姿，

海棠花开到浓烈时，我幻想过她的妖娆，

晚樱大朵大朵招摇时，我和她遥遥相望，

一个春天的雨打落了花，绿意了树枝，

在这样的人间四月天里，吾只愿长醉，与花草为邻……

把我隔离在春光里

春花烂漫无邪，理应对酒当歌，

或许身不能至，但心向往之，

山中何事？松花酿酒，春水煎茶。

人类的悲欢或许并不相通，

但此一刻的悠然自得，定是你的梦寐以求……

一个人知道自己为什么而活，

就可以忍受任何一种生活。

待己如助人。

你可以洞察生活，一针见血；

你可以抱怨光阴，无所事事；

你也可以接受生活，找到趣味；

或者在荒唐中发现真理……

王小波说：

生活是天籁，需要凝神静听……

也曾岁月轻狂，也曾孤独慌张

都说三十而立、四十不惑，

如今想来立而未立，疑惑仍有也还是常态，

好在有些得，而未能得亦已放下，

吹过的牛皮、说过的大话没有人记得，

在同一屋檐下，妻女忙碌，

各自安好已然是触手可及的童话。

那些轻狂岁月里有过的孤独和慌张，

终究变成了后来的寻常人家。

一个有酒有肉的周末，
一段天马行空的时光，
男人的欢愉来得简单，去得也茫然，
不知所措的日子里需要些嬉皮笑脸，
方能度过那些岁月艰难。

吾自癫狂

每一次的癫狂里都有着不甘，
每一次的破碎里都再提起勇气向前。
每个人的心里都有一团旺火，
但路过的人只看到一缕青烟。

人生里的有些欢喜没有那么复杂，

你笑了我便大声地笑，

花开了便是春天，

你觉得我好，我便心甘情愿，

此一时虽怅然若失，但还有明天。

好在有些狼狈不堪都留在了昨日，

好在是年轻时经历过的大言不惭，

好在所有的愤怒里都有颗向好的心，

还好，如今说出来都是笑谈。

黑妞你低调点

谁都曾经历过幽暗的岁月，
谁都有过无言以对的时光，
像是在人间的一场历练，
自我否定、自我怀疑，然后自我修复，
把那些灰涩终是留在了从前。

有些微小的孤独令人愉悦，
年纪越大越觉得喧哗与嘈杂，
投入地做一些自己喜欢的事情，
适时地放弃一些力之不及，
便觉出这平平淡淡中的真切。

抬头看见了月亮

终是放慢了脚步，抬头看见了月亮，
亦如少年时那般明亮，
小时候我们词不达意，
长大后我们言不由衷。
如今月光里的纯粹令人心驰神往，
也许走了一圈，又回到了最初的地方。

缘起性空

起风了！

缘起性空……

吃今天的饭，惜此刻的平常，

读今天的书，悟先贤的箴言，

画此刻的画，记今日的春光，

四月了，不冷不热的日子里，

理当珍惜时光。

后来，后来呀，我们都一样，

过着烟火气十足的日子，

应时应景地学着甜蜜，

在上班下班中，在锅碗瓢盆中，

流连忘返而习以为常。

人间有味是清欢

世事终究不容易，

没有谁可以教育谁，

我们只是相互安慰。

每一个平凡的人生里都有着伟大的坚韧，

方能熬过这漫长的风雨兼程。

年轻时傲气与轻狂，

总想向别人证明自己，

如今了然自己就是自己，

有站在太阳底下的坦荡，

有无愧于岁月的丰盛与庄重，

还有可以继续前进的远方。

一半是海水，一半是火焰

人至中年，已然平淡，

没有了兴风作浪的勇气，

只愿家庭和睦、岁岁平安，

虽对光阴偶有不甘，

可指间的流年都是自己走过的岁月，

生活大部分时候平平淡淡、波澜不惊，

嚣张的是偶尔的内心，

终是承认自己就是那个平凡的中年人。

早起买菜

从什么时候起，

懒觉从灵魂里消失？

年纪像是定时的闹钟，

到了时间自然而然再无睡意。

早饭吃什么，今天买啥菜？

中年的光阴是关心粮食和蔬菜。

趁着清晨四下的安静，躲进卫生间思考一下人生。

身体的畅快和灵魂的自由，尽在这四方的小天地。

莫失莫忘的是手机，

虽说光阴漫长，但此一时最是舒爽。

躲进卫生间思考人生

岁月是把剃头刀

对镜梳洗，

空荡荡的是无须打理的发量，

圆滚滚的是肚皮的嚣张，

岁月是把剃头刀，

内心的傲娇终是抵挡不住时间的嘲笑。

搞卫生是家庭习惯，

可这个习惯还是让人脑壳生疼，

惰性在滋长，劳动是任务，

灵魂想要的自由和身体的束缚相互撕扯，

还是那个"逃不脱"的中年人。

周末又要搞卫生了
脑壳疼……

苦练内功
做到打不还手
骂不还口

夫人说什么都是对的，
在家里俺要服从指挥。
苦练内功，
做到打不还手、骂不还口。
其实夫人只是唠叨，
大是大非的问题还是相当拎得清。

为了能清楚地看到自己的脚尖，从今天起锻炼，

年轻时两百个俯卧撑不在话下，

如今二十个便气喘吁吁，

想来这岁月是把杀猪刀，

稀疏了头发，养肥了体膘。

中年人的自由不在乎看过路上的多少风景，

有自己的一隅天地才最为惬意，

生活的历练给予了一颗强大又庸俗的心脏，

生活在当下，且珍惜这眼前的欢愉。

这眼前的欢愉

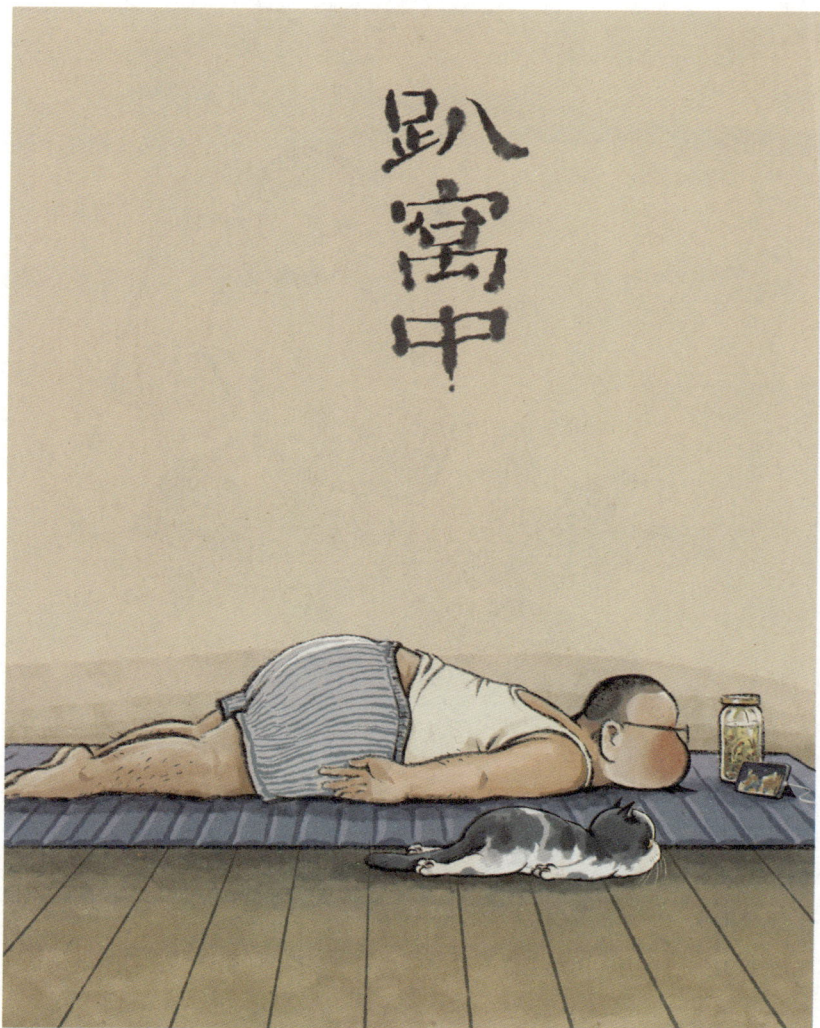

菜买好，核酸做完，

今日的锻炼也已早早完成，

为了远离那些混乱和喧嚣，

大好的春光家中藏，

人生总有自在时，人生哪能都自在啊……

趴窝中

白日茶相伴
黑夜酒共眠

白日茶相伴，黑夜酒共眠，

一半是海水，一半是火焰。

在平静的生活表面，内心也偶有波澜，

好在，用跌跌撞撞的时间换取如今的些许淡然，

有筹谋、有眼前，也仍要有勇气一往无前。

凡人张三，

一路欢歌，一路还在摇旗呐喊，

生活有时颓废不尽如人意，

生活有时新鲜也需要尝试，

在理智和幻想之间，

在庸常和光芒的岁月间摇摆，

都是中年人的平凡。

平庸人生的乐趣

2020年前看世界忙得不亦乐乎，

2020年后觉得国内也是地大物博，

2022年觉得自己的城市风光旖旎。

能晒着太阳说说长短便是幸福，

大部分人都过着平凡而庸碌的一生，

如果能顺畅而幸运，

有憾有悔中你依然觉得还算不虚此行。

年轻时觉得人海里能耀眼最得劲儿，

无所事事了此半生，

才觉着卸下面子和伪装最省心，

有些事随遇而安，有些人无须成为羁绊，有些事不必当真。

不必挂念

有面有蒜有个伴儿

早饭还是老习惯最舒心，

有面有蒜有个伴儿，

可以愉悦一整天的好心情，

所有的滋味都敌不过我喜欢。

打一圈太极舒展身心，

是岁月叠加后的淡定，

有些年轻时的自以为是，

终是在中年后有了自知之明。

闲趣

儿时的技艺莫失莫忘，

再练习时有些笨拙的趣味，

强身健体，

大自然里无所不在的都是自由给予。

手机里信息的尽头还有高谈阔论，

关心不完的天下大事，

操碎了那颗买白菜的心，

生活嘛，不在街头巷尾，必在茶余饭后，

还有评论区里的各色高人。

晴努力

民以食为天。

卡里的余额，地里的收成，

才是生活的根本。

晴天需努力，雨天需修行，

亦是生活的责任。

也有那风平浪静、顺意而行，

钓的是鱼，也是内心的平静，

在想说话时，能选择沉默；

在失望时，能重新燃起希望。

顺意而好

美人如花落笔尖

屋外雨打风吹，

春花落得满地。

屋内茶香与美人，

温暖了一颗潮湿的心。

生活的乐趣是有周末有假期，

给碌碌的生活增添了一点儿松弛，

今天夫人有她的聚会，

俺且买酒买菜独享当下的无忧无虑。

买酒去

光阴易老
年华轻负

此一时看到的月亮是不是少年时的那一轮？

光阴易老，年华轻负，倏忽而去的是人生，

像是有些遗憾，

但历经的都是自己那年那月的那些笃定。

早洗早睡

黑妞莫闹，早洗早睡，明天还需庸碌前行，
人潮人海，有你有我，赶着自己的人生。
远大理想是有房有车有个爱人，
有孩子有操不完的心，代代传承……

七仙女想当凡人和意中人结伴一生，
灰姑娘需要水晶鞋嫁王子完成逆袭，
在生活能力之外总有份幻想，
或粉饰或激励一下我们寻常的人生。

真实的生活是在笑骂和不满中前行，
真实的生活伴随着反思与质疑，有些慌慌张张，
但大部分时光我们乐享当下，
该吃吃，该喝喝，天塌下来有高个儿顶着，
貌似淡定地面对这平庸的光阴。
你看，这熙熙攘攘的都是同路人……

庸碌的人间，诗意地生活

活着自当需要些理想来点亮当下的忙碌，

为财务为灵魂都是理想的一种。

多数人的理想是在这庸碌的人间，

做欢喜的事情，不问结果；

尝俗世百态，珍惜人间苦乐，

与光阴同甘共苦，和四季相濡以沫。

有北风来，围炉烤雪吃肉，

有春花开，踏青追风高歌，

有暖阳在，且安逸且快乐。

人生豪迈
有酒有菜

买打折的东西，过精打细算的生活，

都是俗世生活的喜怒哀乐。

去年吃不起的肉今年接了地气，

恰逢周末，配上二两小酒，穿街走巷都能脚底生风，

生活自是有了欢愉的理由。

生活的不可预测有时是——

蔬菜价格有一天也会升高，

在理想之外，怀疑了一下生活。

城市生活中有吃菜的自由方见财务的自由，

难怪我们都有一个田园梦……

自己动手丰衣足食

熬粥、炒菜、红烧肉，

刻在我们灵魂里的饮食习惯，

让我们天南海北地为吃兴致盎然，

田园在窗台下、阳台上、街角旮旯中⋯⋯

没有种不了的菜，没有收获不了的季节。

见泥土可耕种，

见河塘便见鱼在其中，

每一样本领都刻在基因的序列中。

有成果赶紧向夫人嘚瑟，

有骄傲可在朋友圈云淡风轻假装不在乎。

周末驾菜

天冷喝二两

一夜北风紧，凤雨无情叶飘零，

时节如流催了光阴，人立阶前独沉吟……

被褥轻，寒意生，酒需温……

怎样的日子都会遇上寒冷，

怎样的心境也会偶尔消沉。

冬天的幸福便是：

心无挂碍地晒了个太阳，

厚实的棉衣挡住了北风，

还有伴侣对你恋恋不舍，

今晚三五好友约了火锅。

晒个太阳

冬至夜

生活的豪迈和精致都是一种感觉，

诗意的不只是酒，也许可以是肉，

如此或许才能真切地抵达生活。

仓廪实而知礼节，衣食足而知荣辱。

在自己的俗世生活中，

关心粮食和蔬菜，

也尊重他人的快乐和自由，

心中有丘壑方能见海阔天空。

十月，安好！

在所有的庸碌和恣意之外，也需整理好装束，

一本正经地去投入现世的劳作，

诗意的是大海和春暖花开，

诗意的或许就是脚下迈出去的生活，

不矫揉造作，不妄自菲薄。

我们都在用力且用心地生活，

却又常常觉得亏欠了生活，

当理想在空中飘荡，

生活便有了一万种糟糕的理由，

这个世界有着它各种各样的残缺，

我们在用自己的"诗意"去弥补着遗憾，

或许张三就是那个人间理想，

或许张三就是你心里的榜样。

或许你原本就是生活中的那个英雄！

抵达内心的自由

少年时觉得不用上学很自由，
年轻时觉得能走四方是自由，
中年后觉得身随心动便是自由。
保持一个不羁而豁达的灵魂，
乐观地游走在生活中，就是自由。

观察生活，感悟生活，

绘画生活……

这怅然若失的生活，

这且行且自足的生活。

发现美记录美

巨蟹座

周末的自由是随性吃喝，

生活有眼前的苟且，

生活亦有眼前的快活。

胖子的自由是胖得灵活，

有一颗平和而向上的心，

哪有什么高难度的动作。

放低自我
自在安然

假期有假期的自由，
大把地挥霍时间，
随心所欲地选择孤独，
宅着便是一种幸福。

有调侃生活的自由，

我们匆忙和严肃的时候有点儿多，

所以偶尔纵容自己解放天性，

开怀大笑面对生活。

学问如歌
乡情似酒

有山高水长、如歌的自由。

有适时的心境，寻一隅开阔之地，

喝一杯陈年老酒，

便知足这半生的不羁与快乐。

射手座

骑马射箭，踏歌江湖，

都是武林高手，

满足一下这射手狂妄的自由。

这世上最盼望的还是财务的自由，

大约是绝大部分自由的基础，

爱你之所爱，

肆意你所肆意的生活。

诗和远方

这世上的自由千百种，
唯有抵达内心的自由最自由，
知世故而不世故，历圆滑而弥天真，
善自嘲而不嘲人，处江湖而远江湖。

生活从来都不自由，
但生活处处可得自由，
我们热爱生活，我们笑骂生活，
我们何尝不是一直在纵情生活。
这并不完美的生活呀，
却是我惦念着的快乐。

寻常生活方见烟火气

一食之念

吃饱了，睡安稳了，

尔后才有了精神上的胡思乱想，

所有的理想都是建立在温饱之上。

一箪食、一瓢饮，

于陋巷也能有快乐的是圣贤，

为一箪食、一瓢饮，

忙忙碌碌着的才是寻常生活。

人间烟火

菜市的喧哗代表着生活的顺遂，

在这一份烟火中保持着寻觅的欣喜，

是朴素之外的安定，

如今越发笃定，人间的烟火，

便是这世上最美的风景。

早餐要吃好

睡在床上听到厨房的忙碌是一种幸福，

在厨房为还在睡觉的人忙碌也是一种满足，

我们的碎碎念念、相互抱怨，

也何其有幸，

在锅碗瓢盆的声响中就这么共度流年。

有滋有味

许多年以后我们发现，

再好的大餐也抵不过小时候的一块煎饼来得顺口，

再多的精致和美味也抵不过在家时的自在，

玉米粥搭榨菜、煎饼卷大葱……

是故乡刻在骨子里的DNA。

随茶便饭的快乐

一碗面的吃法各说各有理，

但一定是适合自己的最惬意，

浇头最关键，汤料见功夫，蒜头是灵魂……

话说只要心情好，

一盆剩汤菜拌着吃也能心满意足。

焖肉面

走过人生海海，吃过滋味无数，

心头好的还是母亲做的那一口，

行程中惦记的还是夫人的手艺，

荣辱之外，

不过是一口粗茶淡饭的心安。

安身之道
吃最重要

过节的忙碌一定表现在吃食上，

所有的"铺张浪费"都是为儿为女，

生活的愉悦便是一桌子的菜，

团团圆圆，也和和美美，

吃的便是那份喧闹的滋味。

过节吃饺子

对于大部分北方人而言，
大节小节离不开吃饺子，
饺子的自由意味着时间充足、心情宽裕，
用吃食来回馈一个节日和一份心情，
才是我们忙碌之外的意义。

爱吃爱生活

有些粗粝的生活中透着豪迈，

就如同夜色下的大排档更令人开怀。

每个人都热爱自己的生活，

就如同我们每日早出晚归，

也不过是皆为一食之念。

一食之念

一箪一食当念农夫之苦，

一箪一食也谢自己的光阴碌碌，

感念历经岁月的沉淀，

有粗茶淡饭亦觉得心满意足。

于大部分人而言，

生活之小安不过是丰衣足食，

如若还能在——

春日纵情放歌，夏日乘风醉酒，

秋天吃蟹赏菊，冬日围炉夜话，

便是忙碌之外的理想生活。

有那么一点点的快乐，

方是对碌碌生活的安慰，

有那么一些些的知足，

也算是岁月中我们对自己的宽恕。

寻常生活方见烟火气

都说这俗世的烟火最能抚慰凡人心，

也道这简单寻常的日子最生活。

汪曾祺先生写道：

"看生鸡活鸭、新鱼水菜、

碧绿的黄瓜、通红的辣椒、热热闹闹、挨挨挤挤、

让人感到一种生之乐趣。"

冬日初上，勉为其难地早起，

无论是自己做的还是小摊上买的，

终是将这尘世的烟火带进了光阴……

清欢

早餐的清欢是一天中的好心情，

粥、包子、油条、烧饼、豆浆……

那么多的碳水食物都是习惯的滋味，

无法更改和丢弃……

滋味儿

遥想当年，父亲早起劈柴生火，

熬一锅粥，掺和着玉米面，

就着母亲做的黏豆包，

便是最丰盛一天的开始！

爱生活

而今也早起，

煎鸡蛋、热牛奶、削水果，

为儿为女，亦是当下生活的常态。

最怀念小时候的路边摊，

热气升腾，香气四溢，

父亲有时候的阔气让我欣喜，

父亲的沉默中尽是怜惜。

如今的煎饼摊最是热闹，
杂粮、鸡蛋、蔬菜一起包，
最美的是那酱料的甜辣滋味，
边走边吃不负肠胃不误光景。

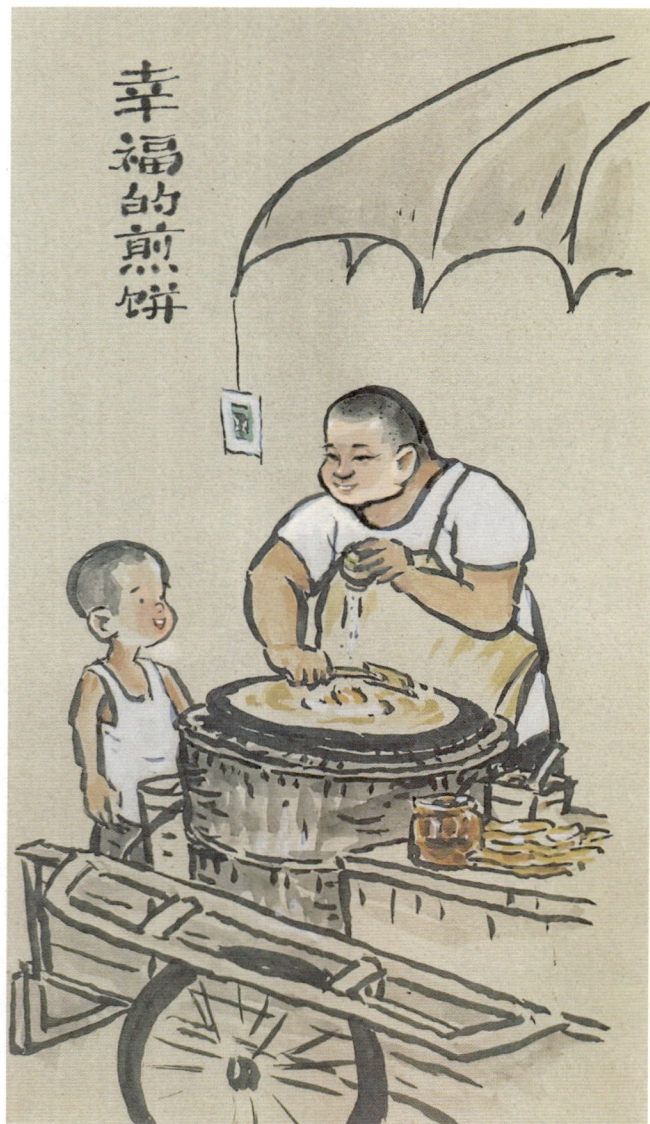

人间烟火

父亲秉持着他一贯的口味，

吃热的、吃熟的，粥是早餐根本，

咸菜自家腌制的最好，

母亲有着世界上最好的手艺。

父母亲的口味大抵也是我的口味，
接受了城市生活的各种新鲜滋味，
最后还是粥不离口、饼不离手，
随着岁月，越朴实越觉得珍贵。

晨时

虽说粥是清晨"最早餐"的滋味，

夫人说，吃得健康、营养均衡最重要。

于是，牛奶和面包、蔬菜与火腿，

也悄悄地入侵了我们的晨时光阴。

团圆

无论时光如何流转，

只要回到故里，

那一桌子满满的"奢侈"，

是他们过节的浓烈，

也仿佛唯如此才能表达对这俗世生活的自满。

滋味人间总慰俗人心，

寻常生活方见烟火气。

不过是少年时和父母十几年的光阴，

最好吃的仍旧是父母做的饭食，

最怀念的依旧是家乡的口味。

晨时光阴，紧张又忙碌，

但只要是端起碗，有一双筷子，

这热腾腾的生活便扑面而来，

怎叫人不热爱与珍惜……

关于周末的二三事

一周五天班，两天双休，

大约是打工人最理想的生活状态。

虽然每日有一万种不想早起的理由，

但人潮人海中，有你有我，

相遇相识相互琢磨，

装作正派面带笑容，

不必过分多说，自己清楚就好……

周末喝二口

如果周一是黑色，那么周五一定是彩色。

周五起床有动力，拥堵有方向，

至于那下班的路途么，

一定是小曲儿一路……

张三的快活是可以自在地喝口酒。

天下事

周五晚上有大把的时间，

国事、家事、天下事，

抖音、头条、朋友圈，

时间如流水，转眼到凌晨……

睡到自然醒

"双减"之后再无早起补课之忧，
在妻女的唠叨声中辗转反侧，
身体虽慵懒，心里却温暖，
想想今日的忙碌和闲散……

只要自己肯动手，

残羹也可变美味。

白水能煮面、剩菜作浇头，

再赏自己一个荷包蛋，

今日早餐很不错！

买菜去

周末的菜场熙熙攘攘，

周末的厨房是煮夫的战场！

荤素搭配，营养均衡，

随季节一道更新菜谱，

胸中那是自有一片丘壑。

每周一次的大扫除让人脑壳疼！

为了成为一名合格的家庭成员，

且只能忍气吞声；

我的身体我做主，

我要的减肥我来劳作。

脑壳疼

中年男人的挚爱是独处，

在风景开阔处垂钓一下午，

便胜却人间无数。

抑或是默默地走一段山路，

有跋涉之辛劳，

有登高之远眺，

方不误一个圆满的周末。

登高远眺

独处

虽有喝酒的畅快，

也有吃茶的淡然，

且再清静清静这半日的光景，

在时间的滴答滴答声里，

鼓励自己新一周的轮回……

周末，总想着痛快地吃一场，

去一次近郊、睡到自然醒，

我们盼晴日，洗晒远足，

我们又喜欢阴天，睡衣沙发伴外卖，

周末的那些二三事，

深深浅浅地伴随着我们起起伏伏的光阴，

有忙碌是大部分人的生活，

有期待是生活的重要驱动，

痛并快乐着就是我们不断更新的生活。

静中无妄念，忙里有欢喜

你每日辛劳在人群中拥堵，

我日日绘画一样碌碌；

你说人生无趣处处算计，

我想处处计算皆为人生；

光阴里的凉薄和温存，

都需要自己忘记和感恩，

有残缺方才真切，

有软弱方见率真。

总该有那么一两个早起，

不只是孩子和早餐，

还有晨雾、花香和游戏，

自律和责任、快活和随性，

适时区别、适时放任。

早睡早起

天冷心不冷

也总有那么一两次放肆，

是因为周末无闹铃。

天寒方知被窝暖，

假期能闲心意满，办法总比困难多，

我的快乐我自知，且珍惜！

昨夜辛苦挑灯，

今日有汗水入画。

笔墨之间皆是欢喜，

便是人生快意时。

那些写代码的、做图表的、修图的……

也都会有自己的快意时光吧？

吐故纳新

把昨天不好的情绪释放排解，

对今天将要度过的光阴有所期待，

阴天可以拂拭尘心，

晴日便可户外随性，

忙碌皆有意义，此一刻心有向往、心有笃定！

时光清浅

午后松散，时光清浅，
独享此一刻一个人的浓淡。

一起喝点啊

三杯两盏淡酒，

不敌这晚来的风急雨冷。

好在生活之意趣，

在山水、在美食、在闲时……

也在日常这小小的寂寞里。

望远

读文字，可感人生之波澜壮阔，
勇攀高，方觉山河之绚烂夺目，
生如芥子，心藏须弥，
谁都有自己的诗与远方。

静享闲情

大道至简，不为外物所拘，

无为而无不为，

静中无妄念，忙里有欢喜，

度四季，也度自己。

提笔凝思，落墨为念，

不语亦欢，无言也暖。

在生活的表象之外，

总是潜藏着默默的温情，

时光也好、季节也罢，

热闹和静谧、繁华与孤寂，

我们庸庸碌碌，

我们嬉笑怒骂，

我们彼此挂心。

俗人张三的理想生活

张三已年过四十，

没有远大的理想，

只是一日三餐、晴耕雨读，

和气地与自己相处，

不求他人瞧着好看，

只愿自个儿过着舒服。

年轻时的张三曾偷看过一个叫理想的姑娘，

看时朦胧，若隐若现，

怎知理想也有老去的那一天，

果真是相见不如怀念。

早起洗漱

四十岁后已不再赖床，

觉变得少了些，

事儿也的确是有些多，

但已懂得了取舍，

早起洗脸漱口，万事开个头。

百事自足 从头开始

百事自足，从头开始。

从年轻时的发胶到今日的一盆清水，

便明白越是简单越是从容，

删繁就简，方见生活。

饭里最养人的是面，

面里带劲的是蒜，

一口面，一口蒜，给个县官都不换。

无由持一碗，寄与爱茶人。

喝茶的理由千千万，

终是成为独处的习惯。

花开了，树绿了，

万物更新中，岁月依旧向前……

理想的生活是葫芦架下打个盹，

两根小苗便给足了繁花和秋实。

前世是农人，今日是闲人，

适时过了会儿自给自足的人生。

秋风渐起，秋意大约会浓，

屋子里飘香的不止有墨香和果蔬，

还有秋天的烤红薯。

有些美好，只是忆起了当初。

今日修炼，年轻时的江湖，

昨天江湖的梦至今仍旧翻涌，

美人有情有义，少年风流不羁，

吾今日唯盼：口罩成为江湖的记忆……

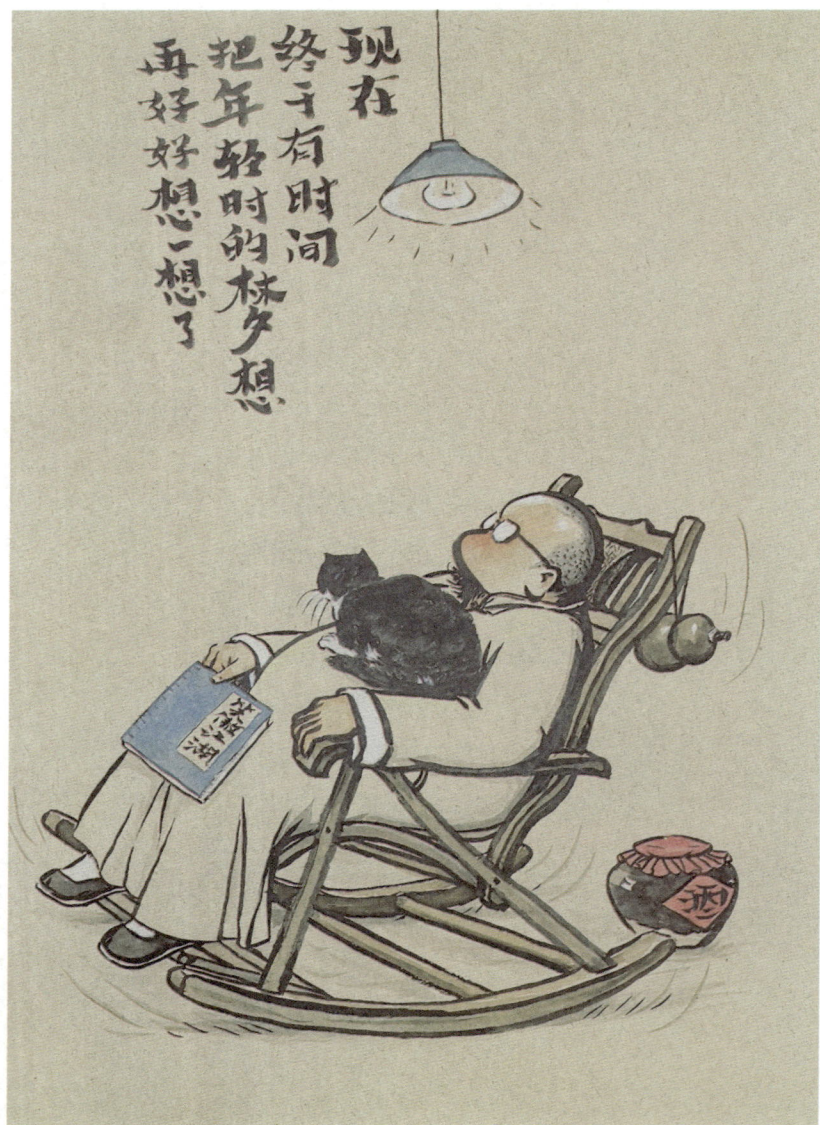

现在
终于有时间
把年轻时的梦想
再好好想一想了

想想年轻时做过的事，错过的人，背弃过的梦，

就知道想而不得已中年……

理想是有眼前的闲散、不被打扰的周末，

做欢喜的事情，有不被左右的热爱……

俗人张三，

有不着边际的慵懒，

有一花一世界的哲学，

有活在当下的乐观，

也有俗世生活下的勇敢。

偶尔做个张三也是凡人之理想……

那个有时落寞的中年人

生活是一场浩浩荡荡的洪流，

你被裹挟着前行，

好多时候不甚欢喜，

亦有许多的无可奈何，

虚荣和膨胀、斗志和理想……

在某个时光，

也不过是个落寞的中年人。

惆怅

周末清晨的第一缕阳光，

睡懒觉的心怅然若失，

忽然中年的日子，

无所谓欢喜，无所谓忧伤。

等花开

美好来自那一盆花 ——

一点儿微小的事情，

便能让内心变得柔软起来，

沉默中有了期待和希望。

闲
散

有些时候看上去无所事事，

与他人处不如与自己闲散，

有些欢喜，

是一身轻松，无须言语。

忽然中年

年轻时有的是光荣和梦想，

年轻时有用不完的力气，

谁不曾年轻过啊，

就是什么时候忽然中年？

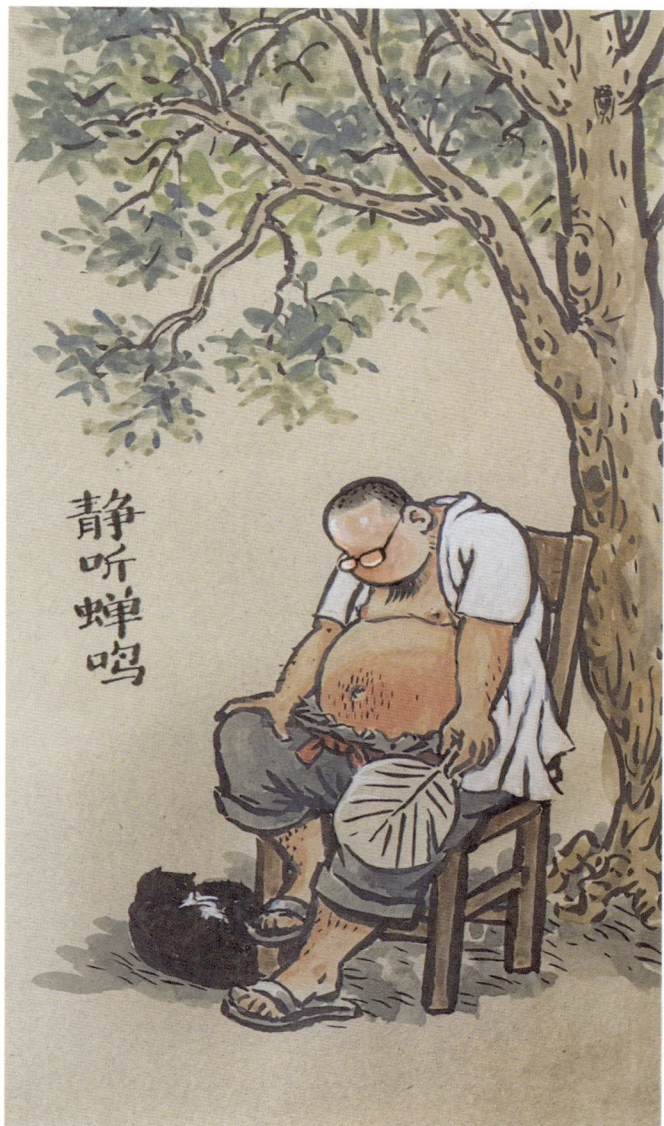

静听蝉鸣

列举出自己的恶习，

抽烟、喝酒、懒散、玩手机……

还有那些沉默的日子，

回避，只是想一个人待着而已……

大雨倾城，像是要带走许多的东西，

闷热和烦燥，还有内心的一点落寞，

雨中小小的乐趣，

像是许多年前的那个自己……

恍恍惚惚

从巷子的这头走到那头五分钟，

左拐有个小卖部，烟酒俱全，

打火机恒久不变的一元。

老板说：雨天终于过去啦！

是啊……

路边小酒馆里灯火温暖，

有些老旧的音乐唱到了从前，

也曾经和兄弟们激情高歌，喝酒看月，

忽然眼角有些潮湿……

年轻时候看月亮总想起个姑娘，

想和她千里共婵娟。

而今的月亮像是个老友，

我们都懂得岁月的阴晴与圆缺……

年轻时常常觉得求而不得，

中年后才觉得，得而不可再求，

眼前的就是最好的，

当下的需要紧紧把握。

有些落寞其实是一个人的欢愉，

有些落寞仅仅是不想言语，

有些落寞只是中年的沉思……

俗事儿

过了不惑之年，

以为什么都通透了，

其实三分天注定，七分还得靠打拼。

都说中年是大叔，有的尽是油腻，

其实只是勇往直前的少年

变成了可以承担的人到中年。

幻想着一个不要早起的晨时，

无车水马龙之乱耳，

无早餐花色之烦忧，

能淡淡定定从容开始……

新周伊始

光阴悠闲

幻想着一杯养生的茶水，

熟悉的公园树荫下，

折腾折腾胳膊和短腿儿，

无时光流逝之慌张，

无电话应酬之匆忙……

小棉袄是挚爱，

须陪伴成长。

唯"马前鞍后"才能安心，

唯她之温热方可无怨无悔。

闻鸡起舞

路边广场上的中年少女们美艳绝伦，

曾几何时也曾三步四步地激情过，

朋友圈刷一刷，

那些花儿也都奋斗在厨房、厅堂和职场。

于僻静处压个腿感受年轻的活力，

挺不了胸、直不了腿，

只觉得自惭形秽，

明天，从明天起就去锻炼！

早起晨练

安之若素

阳光温热，光阴正好，此刻无杂事。

一杯清茶，半刻的闲散，

便是偷来的人间好时节。

喝茶、养花、撸猫、垂钓……

中年人对闲时生活的积极反馈，

无酒精沉醉扰乱社会治安之烦忧，

亦能家庭和睦，媳妇时时安心……

花开时节

男女搭配 跑步不累

在外是英雄，在家是狗熊，

媳妇儿想跑步咱就陪，

媳妇儿地位排第一，

据说情商高的男人在家都打不还手骂不还口。

中年人家中也有自由地，

上关心世界和平，下了解民间杂事。

无丝竹之乱耳，无案牍之劳形。

上下一气，舒心爽意。

自由地

宁静致远

江湖风浪多，亦有静谧时。

话说骑白马的未必是王子，

不仗剑未必就不能去天涯，

人生时节，胸有丘壑，眼存山河，

俗事儿也都是正事儿。

自古少年英气，中年多颓废，
其实中年的温热和从容也可贵，
凡事不辩是非，沉默于一己之力，
于俗事中守护自己的风物四季。

风物人间，缓缓而行

风物人间，缓缓而行

有点儿胖，长得还有点儿油腻，

喜欢一个人安静地做事，

也喜欢偶尔三五好友地喝上一局；

喜欢极目楚天舒的旷野，

也喜欢眼前的小小意趣；

喜欢看万物更迭，

喜欢自己随着四季缓缓而行……

众香摇落 独暄妍

最近总是不经意地闻到梅香，

寒冬腊月，众香摇落独暄妍。

想着这一年的风风雨雨，

依旧不误花期，

人生如万物，也该如此……

春天缓缓而归，

生活意趣，不在于有多深刻，

只是某一瞬间自己变得真实而生动。

笃定前行

春天的一个艳阳天，

人间绚烂，万物摇曳，

风尘仆仆地从他乡归来，

只为赴这一场春日的盛宴。

成为一个男人的标志应该是成为一个父亲，

成为一个父亲的前提是有一颗男人的责任心，

有女随行，人生仿佛更完整。

季节变得繁盛，内心也愈发地丰盈。

夏天的快乐

夏天有突如其来的暴雨，

有酷暑与西瓜的甜蜜，

更少不了与水的游戏，

儿时的童子功仍旧在，

在水中划两下，仿佛回到了年少时的惬意。

看山看水

在偶尔空闲的光阴里，
去近处的山水间骑行，
有一个人的自由，
也有漫无目的的随性。

秋收季节

喜欢秋天的绚烂，

喜欢稻穗的沉甸甸，

那些心里所向往的生活啊，

它终究还是在人间。

寒流、疫情、加班路上……

冬日虽萧瑟，人生需阳光。

不向生活低头，只向手机埋首，

有些正能量也能鼓励寻常时光。

冬日初上

始于一场雨，寒于一片霜，冬日初上。

从春天的雀跃走到冬天的悠长，

整理这一年的辛劳和梦想，

虽然还要迎着北风上，

但还算不辜负有些理想。

很多人说生活没有那么简单，

可是生活就是一餐一饭，

一生专心做好一件事，

守着自己的光阴，缝缝补补，

常常奋进，偶尔懒散，

在四季风物的更替中缓缓前行……

以十八般武艺撼动岁月厚重

不惑之年，

能放下的皆学会放下，

放不下的用"力"放下。

没有看不透的风云，

没有跑不起来的人生，

没有甩不掉的肥肉，

没有起不来的清晨。

重要的是，

要堆积一颗有趣味的灵魂。

不知不觉，已是不惑之年。

不良嗜好是抽烟，

优秀品质是包容。

爱早起，喝枸杞，

多运动，不自封。

人一定要知道自己几斤几两

昨天上秤了解了一下体重，

大彻大悟。

人一定要知道自己几斤几两啊！

清晨的公园，

动静之间，张弛有度，

我以我的太极之心感受万物之相辅相成。

做个操

广播体操有着深入骨髓的节奏，

或举手投足，或俯身仰面，

光阴虽荏苒，记忆不模糊，

前面是小芳，右边是小红……

胖子都是潜力股，

胖子努力起来，

全世界都会给他让路。

摇一摇，甩一甩，

丢掉三斤五斤肉。

我以我标准的姿态照亮你的梦。

前头是理想，后头是过往，

屏住呼吸坚持一分钟，

溢出屏幕的肉肉都在颤抖地说：

哇，好成功！

俯卧撑从五个做到了二十个，

主要是肚子碍事。

想当年，两百个也不在话下，

如今，英雄气短，

压死骆驼的果然是一只肥猫！

有行动，就是运动；

能闭嘴，才是修行。

今日阳光明媚，室内喝茶打坐。

想想这人生豪迈，

还是该让三高慢些来。

今日光阴适宜室外，

瑜伽垫继续搞起来，

虽如身怀六甲，

但想要苗条的决心一直未曾改。

翻滚吧胖子

生命在子运动

遥记得当年和姐姐们踢毽子还算灵活，

今儿个搞下练练身手，

上、下，上、下，左左左……

主要还是肚子让人不那么自由。

减肥好时节

跑步继续走！

只要心中有梦想，

每个胖子都是"爆发户"，

夏天到了，

正是减肥的好时节啊！

一个风和日丽的下午，

有着二十五度的室外温度。

宜思考，宜安宁，

今日有些不愿折腾，伸展四肢，

想听听大地母亲的声音……

年轻时也是玉树临风的帅哥，

只不过岁月不饶人，

成了如今憨态可掬的大叔。

但仍遵循着前辈的英雄主义，

看清生活，热爱生活。

笑骂由人，我自贯彻我的人生，

以十八般武艺撼动岁月厚重，

以小小的趣味打发时光的平庸。

这眼前的欢愉

生活大部分时候是无趣的，

但我们在留言弹幕里找到了乐趣；

生活大部分时间是碌碌无为的，

但我们在年复一年的叠加中找到了坚持；

你们说有趣的灵魂万里挑一，

我只是想生活处处皆有味，

只不过是换种方式看自己。

假期像是一粒兴奋剂，

它涌动着魅惑和招摇，

以"诗和远方"的姿态，

煽动着你内心"到此一游"的情绪。

相看两不厌

上了一些年纪，

喜欢那一点独处的欢愉，

花开得不声不响，

在我们彼此的惦记中相互慰藉。

在观点、新思维如潮的当下，

每一个牛气的人都似乎容易让你自惭形秽，

我们如常地生活便好，

有些神话你自嘲一下即可，不必纠结。

忙碌如常

人在江湖

屋外的江湖我们一身正气，

屋内的江湖我们十八般武艺，

生活有生活的庸俗和趣味，

那些锅碗瓢盆的日子呀，

才是我们的真理。

平凡生活

平凡的生活是：

切半个西瓜，

最中间的给孩子和妻，

他们吃剩下的边角留给我自己。

平安无事

平凡的生活是——
路过寺院时上三炷香，
愿家人平安无事，
愿生活如常、诸事顺遂。

知人者智，知己者明。

人生无处不放飞，

在我宽厚的皮囊下，

仍旧有一颗调皮的、绝不抱怨的、

热爱生活的赤子之心。

一胖就现出一种放飞自我放弃人生的气质

相伴成长

闺女身高已然比肩，

奈何骑车的技能尚且生疏，

就着假期的空隙，

传授自个儿的十八般武艺，

看着她摇摇晃晃地脱手而去，

心中半是感伤半是欢喜……

是啊，日常都是无趣的，

有趣的是你自己。

焚香，煮茶，听梵音……

风在摇动树的叶子，

我在摆弄我的欢愉。

城外的高速喧嚣，城内的街巷热闹，

我们嬉笑怒骂着，节日里的种种期许……

这是最好的日子，

这是你和世界对接中产生的光和热，

这也是世界反馈你的浪漫和诗意，

每逢佳节倍思亲，

嗯，看过世界咱们回家去。

喝今夜的酒，无所谓解忧

有的酒，喝的是份热闹，

有的酒，喝的是些闲情，

有的酒，喝的是寂寞，

有的酒，也是因为解渴，

兴致恰好时喝上两口，

大约是因为内心的自由。

贪了不杯

那一日阳光正好，
坐在桃树下贪恋了几杯浊酒，
恍惚间似有满筐的蟠桃在左右，
莫非是刚刚混迹过九霄？

那一日在家中无聊，

取来一碟花生米，就了两口白酒，

想想来了这城市不少时日，

却终是没有几个朋友……

有时寂寞

二锅头走起

周末的大排档最是自由，
吃自己的饭，喝自己的酒，
一瓶二锅头，半斤猪头肉，
肚皮胖一圈，一醉解千愁。

微醺为宜

今日谈成了一笔业务，
实在值得小小的庆祝，
朋友们都有各自的忙碌，
姑且小小地饮一口，
方对得起这每日的奔波。

再见爱情

只愿醉眼看花，不求千杯不倒。

心爱的姑娘与我分了手，

说我是好人，更适合做朋友，

难过的心情需要这深夜的一顿酒来解脱……

不善言辞的时候较多，

夏天的傍晚喝上几口，

有些不吐不快的真言，

全都留在了风中……

做自己喜欢的事，

再忙也是身疲心不累。

画一幅美人图，

此刻有酒，

便是锦上添花。

两个寂寞的灵魂一起过周末，

从豪言壮语说到上下求索，

从自强不息说到浑浑噩噩，

活着不易，总有狼狈时……

小酌怡情

鸡腿还有一根，

朋友送来的红酒需要喝得斯文，

醒一下，晃三圈，

小酌怡情。

把酒对斜阳
无语问西风

把酒对斜阳，无语问西风，

酒喝七分，三分入梦，

醒来阳光甚好，

所有的不悦都跟这世界和解……

酒是这尘世的快乐水，

麻辣中解乏、忘忧、陶醉；

酒是三五好友中最默默无闻的那一位，

寂寞时相随，开心时共醉；

酒是夜色下的安慰，

接受你所有的宣泄和热情……

小酌怡情，微醺即可，

喝今夜的酒，无所谓解忧。

一个人饮酒，

有寂寞，有释然，

更有内心的风月和辽阔。

等花开，等你来

日子啊，过得有许多忙碌的理由，

因为这样才觉得

自己仿佛没有虚度光阴。

其实日子呀，

有许多值得虚度的光景，

因为这样

才能真切地和自个儿好好相处。

不知道从几时起喜欢上了种花，

看小小的一株花生根发芽，

没事时给它们浇浇水，

看着它们在风里摇晃的样子，

尽是满心的欢喜。

我想我的小趣味你都懂，

喝茶，养花，和猫共处，

睡觉，画画，涂抹自己的想法。

等一朵花开

在繁花下听鸟儿唱歌，

在寂静中熨烫褶皱的心情。

小小的意趣，

在这不为人知的光阴里。

还记得年少时在开满泡桐花的树下，

等一封盼了极久的信……

什么时候起，

也开始在蔷薇花下想起这些陈年旧事？

以前喜欢一个人，

后来喜欢好多人，

现在只喜欢一个人。

时间是个奇怪的东西……

在不紧不慢的午后打了一个盹，
有蝉鸣鸟叫，树叶萧萧，
像是这世事的纷争，
好在并不曾打扰到我的好心情。

六月在马路边买来一把荷花，
装上满满的一罐水养着它，
几天后，在我看完那本书的时候，
它优雅绽放……

抬头看天空的时候，

看云卷云舒，

有点儿想回到少年时，

躺在山坡田野上的那份自由……

要让素昧平生的人

在意你生命中的美好事物，

原本就不容易。

花开花谢，人来人去，

都是寻常的状态，

只是想说说这怡人的花香，

想想这人生的隐晦和皎洁。

日有小暖，岁有小安

日有小暖，岁有小安

疫情已然有了三年，

日子在平淡中多了些纠结，

远方的脚步有些艰难，

好在眼前的岁月尚且平安，

少些抱怨，细小中藏着精彩，

多些发现，心中有暖便是春天。

春日放飞

由北风转至东南风的春天，

不知不觉地有了些许暖意。

找块舒阔地放纸鸢，定是小儿女的欢喜。

冬天的拘谨一下子得以释放，

春日的奔跑和嬉笑舒展了身心。

年轻的时候，头发上最舍得花钱，

发型很重要，发胶须打好，

而今的短寸最合心意，简单而舒适，也没有了烦恼，

师傅十块钱的手艺童叟无欺，巷子口的舒坦让人自在又安心。

观自在

园林边小河塘里的鱼儿最是欢快，

丢一块馒头碎片便挤成一团，

有些光阴的美好呀，只在寂静中寻得，

所谓自在不过是身心的愉悦。

街边的青团子很是惹人注目，
艾草的清香有着春天的气息，
买上一提篮，便是家人的早餐，
甜滋滋、软糯糯，香气四溢，
于是在吃食上和春日有了关联。

青团子

且惜今春美
不做妄念人

小巷子总是很安宁，

紫藤花刚冒出了嫩芽，

桃花兀自开放，很是热闹，

日子不就是这样么，

平淡中有一点儿小小的温暖，

寂静时有一些淡淡的心安……

随遇则安

忽然一夜雨，春光止步于门外。

屋内亦可有自己的小自在，

煮茶焚香，研墨落笔，就着窗外的雨声，

心里头倒是格外的透亮与安宁，

所谓晴耕雨读，大概如此……

油菜花开

春天的暖有时来得很着急，

花儿也巴巴地感受到了信息，

它们总是不负期许，

蓬勃地盛开在当季。

草木不负暖意，人亦当不负拥有的光阴……

春天的美有时自在也随性，

油菜花田边就是桃林，野趣横生。

荠菜、马兰头、香椿、螺蛳……农人家有着妙不可言的春之味，

吃上一桌子便是和春日有了交集，

也就不算辜负了这寻春的旅程。

寻梅

三月，夜雨润如酥，朝起，暖阳又至，

花开满枝，或孤芳，或绚烂，都傲娇在三月的春风里……

春来江水静谧，远山如黛，

春已归，万物生，尽拘风月入家门。

日有小暖，岁有小安，有朋来，且喝上温酒一杯……

日子的确没有那么多随心所欲，

可日子也的确在细小中有着善意，

落雨时有落雨的收敛，

日头下有日头下的肆意，

一个人时是和内心相处的美妙，

叙旧时有着那年那月的美好，

带着一份纷繁中吾自淡定的从容，

日子何尝不就是这般的如诗如画般曼妙……

说的是张三，

说的也是你长长短短的欢喜。

大道至简，大智若愚

大张旗鼓地宣讲挣钱的方法，

这个钱一定不好挣，

好挣的钱都是悄悄地就发财了。

把复杂的事情变得简单，

这是智慧；

把简单的事情搞得复杂，

那基本上就是忽悠。

玩物尚志

有些人看似无所不能，

其实只是夸夸其谈，

有些人看似玩物丧志，

其实不只是精于一技，

且藏拙于无形处，大智若愚而已。

有些朋友
打着灯笼
都难找
须等闲而
视之

江湖朋友多，来的都是客，

有些朋友是"打着灯笼都难找"，

貌似高大上，身份优越，但吾须等闲而视之，

不仰视，不怠慢，只做好自个儿分内的事。

春日拈花煮茶处
亦是澄心入定时

有些茶喝的不是茶，是交情；

有些酒喝的不是酒，是生意。

"春日拈花煮茶处，亦是澄心入定时"，

人生至美，本在孤寂处、风景里。

孩子的时候可劲儿地调皮，

哪知中年后的萎靡，

从明儿起运动、吃素、早起，

量力而行，适当放弃。

劳动最光荣

生活之美不是得到了什么，

而是劳动后得到了什么。

有些精神和体力上的付出，

像是生存的一种本能，

能安慰久坐不安的灵魂。

追个剧，《白鹿原》，
幸福就是媳妇儿会做面，
大碗的油泼辣子面，
蹲着吃，聊着吃，
红光满面。

有些事，不必当真。

这世间总有些刻薄的话、

阴冷的箭烦躁光阴，

你若认真便是输了，

坚定目标，修炼自己才是硬道理。

忙是治疗一切的良药，

不做白日梦、不胡思乱想，

不等着天上掉馅儿饼，

不想着你到底爱不爱我……

离开了书和自然，
我们就失去了方向和自我。
人生没有近路可走，
但是你走的每一步都算数

这江湖杂事多，日日见新闻，

处处是风光，处处有陷阱，

一只手机能打发一整日的光阴，

你跟着吃瓜和起浪，白白浪费光阴。

你若心有笃定，眼里有光，

读圣贤、耐寂寞，

为自己而忙碌，从简生活，

想来这江湖的风浪不过是你眼中的笑话，

这寂静和持守方是最直击灵魂的有味生活。

大道至简，大智若愚，

不必言说。

择一座城，遇一个人

年轻的时候很轻易地就选择一座城市待下，
或者是因为学业、工作，或者是因为爱情……
后来日子久了，羁绊多了，
一切都成为了习惯，
这座城便成了你熟悉的家，
它的风物四季，它的习俗市井，
都成为你念念不忘的光阴……

此心安处是吾家

我觉得春天的晨光中它最曼妙，

我发现秋天的暮色中它时光不老，

又觉得灯火摇曳的船桨中它最动人，

处得久了，便觉得它的细腻和烟火，

待得久了，便觉得此心安处是吾家。

你好呀

看一朵花，见一物，
都能感觉到它的美好，
对所有的相遇都愿面带微笑，
这儿是你落脚的地方，
这儿见证了你的意气风发，
这儿也冲淡了你的日子平庸。

日子有时慌张，有时匆忙，
未曾注意高楼转眼间层层叠叠，
仍觉得巷子幽静，此处最好，
张家阿婆、李家伯伯，
都是旧时的至交。

那一年似乎在这儿曾落过脚，

白墙青瓦仍在，只是物是人非，

不见了年轻时的嬉闹……

好在，它足够包容，

让我们也能生根落地。

那些年月

笃定前行

总是很喜欢这粉墙黛瓦的清澈分明，

层层叠叠中有着历史的传承，

婉约中有着自己的坚韧，

诗情画意里藏着庭院深深。

也许只是偶然间瞥见的风景，

却牢牢地记住了一生，

它的美在骨不在皮，

越经岁月越能感知它的藏而不露，

素中似锦……

光阴

朴素光阴

后来大约是岁月不饶人，

小小的田园梦又被唤醒。

这座城池四季分明，

常有雨，阳光也透明，

寥寥安慰了偶尔负重的灵魂。

简单的光阴简约地过，

心有慈悲、心怀感恩，

在这样一个宁静的清晨……

这座城池山水相依，

四季花草也总相宜。

难得的一场冬雪恰似幻境，

让人舍不得，离不开，生怜惜……

人生的种种境遇都是不经意间的一个选择，

择一座城，遇一个人，

才有了后来的人生。

也不曾有那么多幸运，

只不过是一路的惆怅、一路的小跑，

种种困顿与挫折，被裹挟着前行，

虚荣与不安、浮华与质疑，

才有了后来所谓的从容与淡定。

哪有什么最好?

现在就很好。

漫不经心守光阴，张弛有度忙生活

日子如麻，总想理出个头绪来，

光阴似箭，平平淡淡又一天

生活的相似之处在于：

白天和黑夜没有谁比谁更多，

烦恼和忧愁大同小异。

而生活的不同之处则在于：

你所拓展的宽度和情深，

你所接纳且为之忙碌的朝暮。

早起耕耘一下自己的小天地，

日子烦琐，情操不一，

专注于一些让光阴愉快的事情，

一天的忙碌会变得明媚。

尘心常扫

上有老，下有小，
房和车还不尽如人意，
升职和加薪还遥遥无期……
屋子需常打扫，尘心亦然，
先打理好现有的一方小天地。

始于足下

初冬枯叶满地，正是人间萧瑟季。

想来在这泥土之下，

正有一股张力，

以坚韧和耐心回报三春的光晖。

有些事不在眼前，而是足下……

人间惊鸿

总有人生开阔时，

去自然中看潮起潮落、四季分明，

寒塘渡鹤，水天一色，

冬天的冷静与壮美，

也恰似赴一场人间惊鸿宴。

添柴加火

又是一个平凡的日子，

不平凡的是心有挂念，

夫人也很忙碌，闺女也很辛苦，

一日三餐亦需添柴加火，

方为相互扶持的生活。

心生好奇

被夫人训斥笨手笨脚，
俺且讪讪而笑……
厨房内香气四溢，歌声轻吟，
不知今天有何口舌之喜？

想来这腹有诗书气自华，

家中的藏书与绘画，

都是这些年的心思与精华，

抱朴常乐，自有追求，

自己的天地自得其乐。

人一老花看人看事
就宏观了
凡事也计较不起来了

岁月自有岁月的宽容之处，

人一老花，看人看事就宏观了，

计较的是当下的得失与心情，

不计较的是自己独处的光阴，

有些事如过眼云烟，有些事方值得付出感情……

洗洗睡吧

今日事今天毕，
洗洗完结这一天。
虽有劳碌，也得闲情，
虽历嘈杂，却有收获，
好似不算虚度。

漫不经心守光阴，

张弛有度忙生活。

并不是谁比谁过得更有意义，

而是自己觉得过得更有意趣。

我们只是想在这许多的重复和平凡之下，

有自己的坚守与思辨，

有自己的心得与从容，

有一些豁达，

有一点深情……

滋味人间，总需细细品尝

冬天随北风和落叶呼啸而来，

蜷缩的身体在寒意中孕育着幻想——

比如一杯茶就着太阳，瓜子儿在边上，

阴天时围炉烤着红薯，有猫儿晃荡，

落雪后窝在家中，火锅支上，暖酒二两，

周末那熙熙攘攘的集市，走走逛逛，

谈笑间，便就是这冬日情长。

天冷方知家中暖

在寒意中掀被起床，

用柴火温暖冬日晨光，

那是父母们曾经的模样。

变了的岁月，不变的早餐时光，

天冷便想到那年那月岁月悠长。

过不传统的农历生日

还是偏爱生日时那一碗长寿面，

像是母亲在身旁，

唠叨着对我不变的祝福和希望。

尝滋味无数，唯这一碗连接着来时的方向。

远离人群
做好防护

也许是活得太得意嚣张，

疫情时刻提醒着我们的脆弱和勉强，

有时放慢脚步才知道美景就在身旁，

有时冷清方觉此一刻更接近生活原来的模样。

热闹是因为怕孤独，

孤独是因为怕热闹。

一只烤红薯便能回到少年时光，

心里头的滋味绵长，

便是这孤独里最惬意的躲藏。

煎饼卷大葱

地域风味决定着曾经的根生地长，

最喜欢的滋味是母亲曾给予的日常，

煎饼卷大葱，

咳，没错啦，俺娘就那方向。

这冬天午后的阳光最是慰藉人心，

姑娘们咖啡依窗，享受时光，

孩子们零食不断，满足欲望，

吾棉鞋冬衣，混沌想象，

只贪念这一刻了无牵挂的辰光……

恍恍惚惚

坐酌冷冷水
看煎瑟瑟尘
无由持一碗
寄与爱茶人

人生需低调收敛，也该恣意癫狂，

说不尽的离合与沧桑，

道不完的艰难与荒唐，

而今，茶一碗、酒二两，

走过的是深浅分明的脚印，

期待的是心有舒阔、不慌不张。

大雪飞扬，冬日浪漫时光，

火锅是最美好的分享，

那热气腾腾的滋味，

即便是一个人，

也吃出了冬天里的盛大与理想。

三餐酒肉穿肠过
一缕烟火暖人间

风味人间，当是集市菜场，

采购的是食材，

亦是对劳碌后的犒赏，

酒肉穿肠过，烟火暖日常，

这流年，在唇齿间细细流淌……

这世间有太多的时候没有作为，

但这世间有许多的细碎日常却疗愈时光，

带着对光阴的质疑与不安，

在这冬季心安理得地按部就班，

上班、下班，买菜、做饭，喝茶、晒晒太阳……

所有的伟大都从质朴中来，

所谓的生活越平实越从容，

冬日情长，光阴无恙，

这滋味人间总需细细品尝……

岁月里的憨傻痴狂

人至中年，生活常常令人沮丧，

虽说鸡汤能励志，

但生活的真相远非心中所感所想。

好在慢慢我们接纳生之不完满，

在缺憾中寻找自己的哲学和理想。

英雄们是来拯救世界的，

而每个张三的岁月里总有自己的憨傻痴狂。

每天抽出一刻钟
用来思考人生

清早起床，忙碌又上，
在庸碌之间，抽出一刻钟，
用来想想今天的理想，
有些事儿必须做，
有些事儿得有个收场。

每天和自己聊五毛，

每天进步多一点儿。

做和思相辅相成，

有行动力，也得有判断力。

也总有些乌烟瘴气的时候，

晓得有些没道理的是是非非，

所以，

抬头看看天，低头顺顺气，

我是张三，我珍惜我自己。

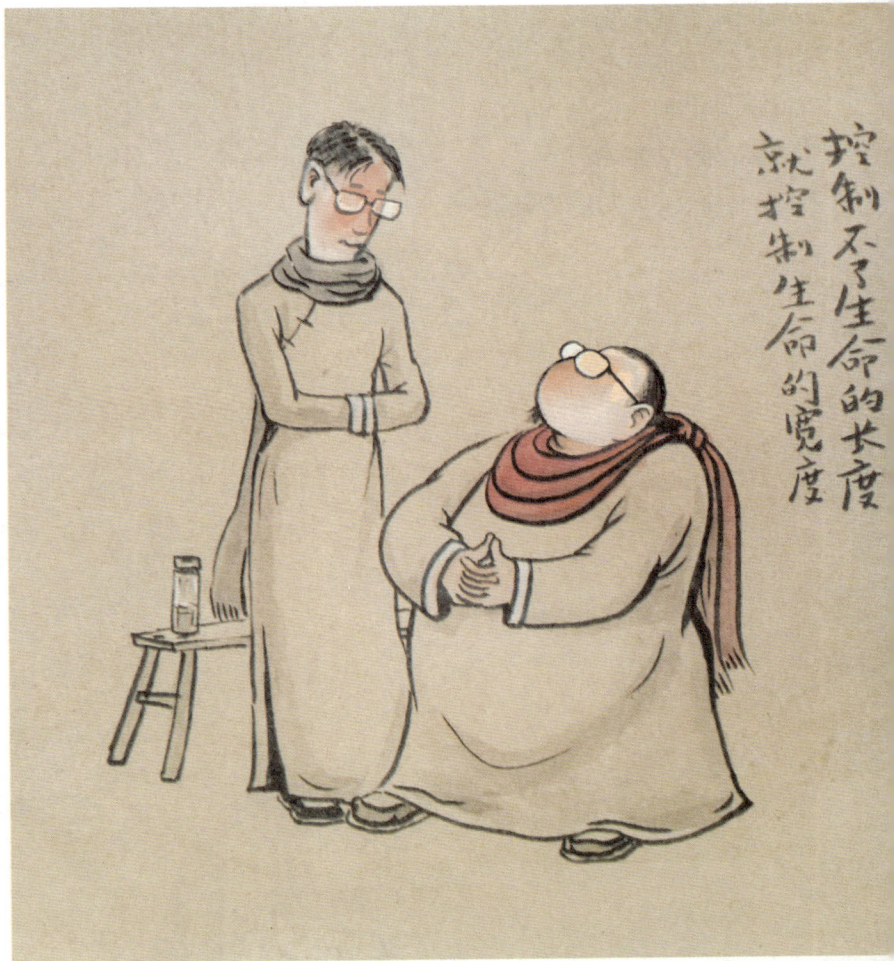

控制不了生命的长度，
那就控制生命的宽度。
腹有诗书，腹可撑舟，
有容乃大，百川可纳。

酒可消愁，酒能助兴，

茶可清心，茶能养性。

分得清、辨得明，

生活就是偶尔装装糊涂，

控制好情绪，心里头淡定。

面面俱到

人至中年，莫过一个"难"字。

总想面面俱到，

却也常常有心无力。

那就留点儿缺憾，

让自己活得稍微的不圆满。

平淡如水

水细流长

日子平淡如水，家常琐碎和拌嘴。

夫妻视如糟糠，分开就找不到北。

且行且珍惜，在一起本就不容易。

人有善願
天必佑之

见老弱妇孺，搭一把手，
见人间疾苦，尽力相助，
人有善愿，天必佑之。

书中自有黄金屋

书中自有颜如玉

书中自有黄金屋，

书中自有颜如玉。

思和辨相辅相成，

书是懒散的借口，

书亦是行动的源头。

一年三百六十五天，

日日笔耕不辍，

持之以恒，非痴即能，

给张三颁发一个"先进工作者"称号。

自己从来就是自己的丰碑！

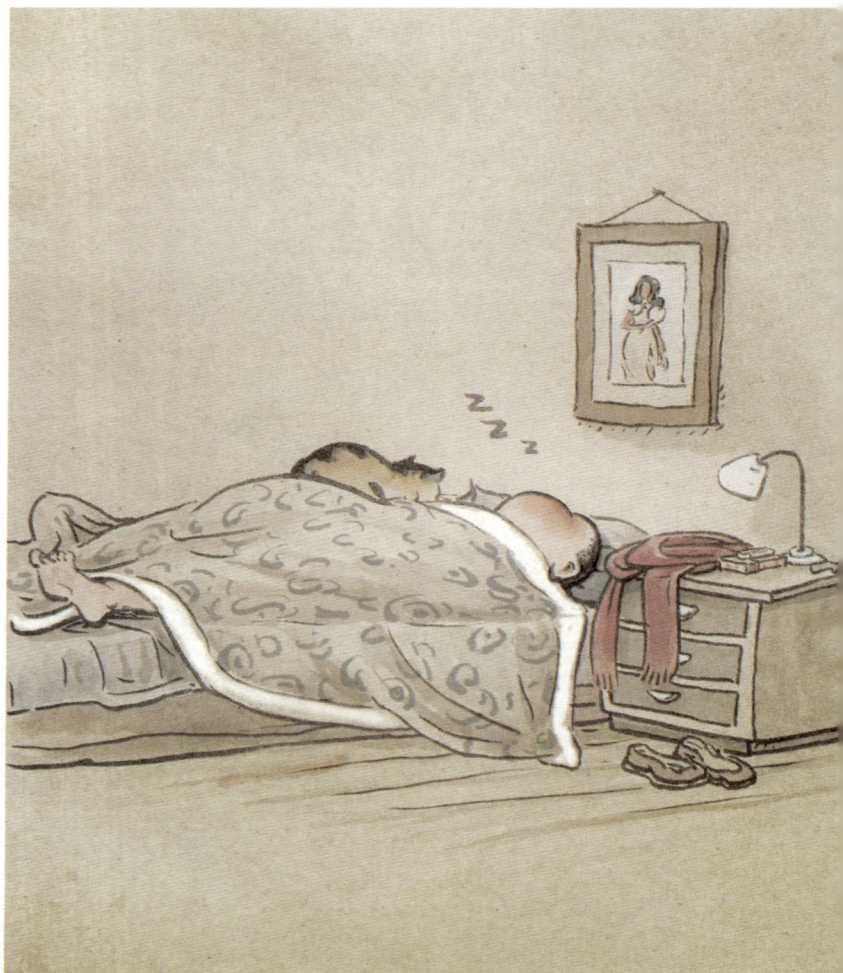

日日有忙碌，日日有闲散，

放下手机，凌晨再起，

晚安，昨日的我，

晚安，停歇不下的世事与纷争……

这是五六年前的张三，

有思考，秉持些理想，

存善意，不抛弃心中光亮，

不完美，但可爱又嚣张。

何人不张三？何人不理想？

都有张三的人生哲学，

都有些自己的憨傻痴狂。

特别篇

一棵树摇动另一棵树，
一朵云推动另一朵云

很荣幸有了个闺女，

理所当然地有了件"棉袄"。

好像是抱着长大的，

在无所事事的光阴里她最是安慰，

然后突然间她就比肩而立，

叽叽喳喳中有着你的脾气，

沉默时全是你的个性，

像是个实实在在的礼物，

温暖着日复一日的光阴，

于是成为你心里最在意的惦记……

我常想你妈一定把你当成了玩具，

总是把你打扮成小精灵，

你光着的脚和你乱糟糟的头发，

成为清晨最可爱的样子。

记不得你有多少条小裙子啦，

那条有爱心的、带木耳边的你最欢喜，

你太爱臭美了倒让我有几许担心，

"不要和强强手拉手，他可是男生！"

你妈总催你动作能不能快点儿，

我说不能！

你很得意。

我要跟你是一伙儿的，

我要你赖上我心安理得、自在随性。

阳光下你欢快的样子像只蝴蝶，

我常觉得能够成为你的父亲真是三生有幸，

放学时那么多孩子我一眼就看到你，

也谢谢你毫不犹豫就扎进我的心门。

温暖

我希望你温暖纯良，

能有个自由的人生，

这世上有那么多所谓的功成名就，

但唯有热爱可抵御一切杂音。

这些年我们也积攒了不少路上的风景，

掰着手指算算你还能和我们一起的光阴，

我只想告诉你，我们谁都不属于谁，

但只要你一回头，一定能瞧见我们在原地。

初夏的晚风吹过路边的夹竹桃，
它盛大得像一幅幕布，悠然自得，
我亦记得你快乐得像只百灵鸟，
花瓣里摇晃的都是你满满的笑意，
那时，我觉得幸福像花海无边无际……

我还来不及回味时，

你好像又长大了些，

少女的背影里有了自己的思绪，

你跟海棠花比肩而立，

我觉着，春天也不及你万分之一。

最美风景

我喜欢穿街走巷，

看这个城市烟火中的点滴，

很荣幸有你常常的跟随，

小巷子最适合构图作画，

而你一定是我笔下最得意的风景。

再闹腾的孩子只要睡着了也像个天使，

你也毫不例外地成为我的凝视，

为人父母其实要学习的还很多，

谢谢你毫不迟疑的爱，

还有对我们深深的笃定。

很高兴有这样的夜晚，
骑车带你一起回家去，
夜色正好，
我们是彼此幸福的依靠。

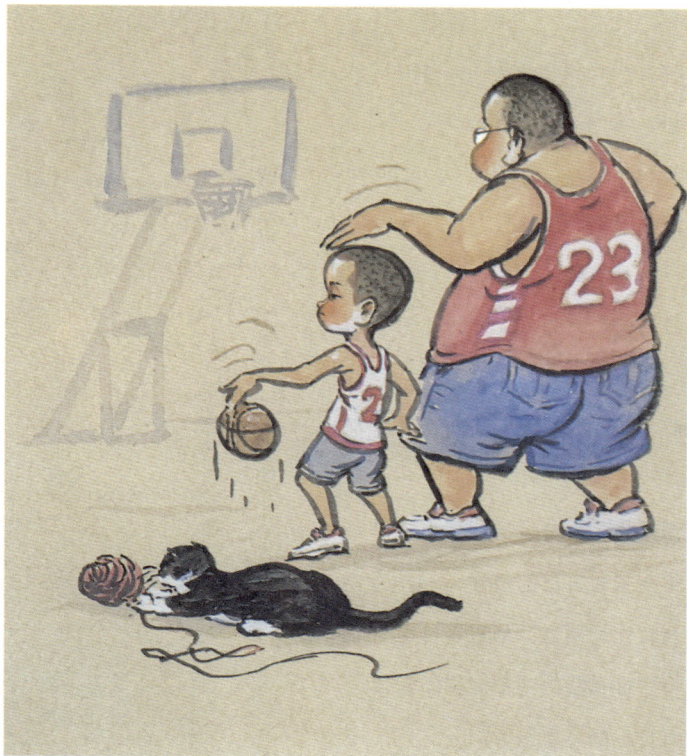

好吧，也送给有小子的父亲，
很羡慕他可以接受你的传承，
肆意地奔跑，勇敢地碰撞，
崇拜着你的崇拜，
倔强着你的倔强。

I love three things in this world.

Sun, moon and you.

Sun for morning, moon for night, and you forever.

浮世三千，吾爱有三。

日、月与卿。

日为朝，月为暮，卿为朝朝暮暮。

此小诗，给爱人、给儿女皆不为过。

希望你是我身边的一棵小树，

终是长成自己的模样，

与我比肩而立，却有着自己的思想；

希望你是我身旁不一样的云朵，

有自己的意志与方向，

与吾相似却又不尽然，

去追寻自己的星辰和大海。